Günter Willumeit
Bauer Piepenbrink
Locker vom Trecker
Folge 3

Günter Willumeit

Bauer Piepenbrink

Locker vom Trecker

Folge 3

aus der NDR WELLE NORD-Serie

Verlag Michael Jung
Kiel

Abdruck mit freundlicher Genehmigung der Peer Musikverlag GmbH
Titelfoto: Michael Jung

3. Auflage 2000

Gesamtherstellung:
Hans Kock Buch- und Offsetdruck GmbH, Bielefeld
ISBN 3-929596-32-6

VORWORT

Aller guten Dinge sind drei - so sagt der Volksmund. Da ich mir einbilde, über 25 Jahre dem Volk auf den Mund geschaut zu haben und die beiden Bände „Locker vom Trecker“ Folge 1 und Folge 2 vom Leser sensationell gut angenommen wurden, blieb uns nichts anderes übrig, als den 3. Band mit Piepenbrink-Anekdoten auf den Markt zu bringen. In einer Zeit, in der uns die Medien mit Gewalt, Terror und Horror überschwemmen, tut es uns vielleicht ganz gut, uns bequem im Sessel sitzend, in dieses Büchlein zu vertiefen und ... zu schmunzeln ... mehr möchten wir nicht!

In diesem Sinne!

Ihr

Kohl im Sturzflug

In einer gecharterten Boeing 707 fliegen der Papst, Präsident Bill Clinton, Bundeskanzler Helmut Kohl und ein Student. Über Neufundland gerät die Maschine in Schwierigkeiten. Die Situation ist ausweglos. Da erscheint der Flugkapitän. „Entschuldigen Sie, meine Herren, wir haben nur vier Fallschirme an Bord. Meine Gesellschaft hat in meine Ausbildung so viel investiert, daß ich mich retten muß." Er nimmt den ersten Fallschirm und springt ab. Präsident Clinton steht auf und sagt: „Ich bin die Hoffnung der freien Welt, ich bin verpflichtet, mich zu retten." Er nimmt den zweiten Fallschirm und springt ebenfalls ab. Darauf Helmut Kohl: „Als Europas bedeutendster Staatsmann muß ich den nächsten Fallschirm nehmen. Deutschland und Europa können auf mich nicht verzichten." Er springt ab! Da sagt der Papst zum Studenten: „Mein Sohn, du bist jung, ich bin alt. Zudem bin ich Gott näher, nimm du den letzten Fallschirm." Da antwortet der Student: „Heiliger Vater, das ist nicht nötig, wir haben noch zwei Fallschirme. Europas bedeutendster Staatsmann ist eben mit meinem Rucksack abgesprungen."

Früher oder später

Ein Richter hatte sich so ein bißchen darauf versteift, einem Penner einen beizupuhlen. Er sagte: „Angeklagter, wann haben Sie das letzte Mal gearbeitet?“ Der Angeklagte antwortet: „So dann und wann!“ Fragt der Richter: „Und wo haben Sie gearbeitet?“ Die Antwort des Angeklagten: „Mal hier, mal da!“
„Und was haben Sie gearbeitet?“ fragt der Richter. „Mal dies, mal das!“ sagt der Angeklagte. „Wissen Sie was, Sie gehen jetzt mal in den Knast!“ sagt der Richter. „Und wann komm’ ich wieder raus?“ fragt der Angeklagte. „Tja“, sagt der Richter, „früher oder später!“

In Flagranti

Der Ehemann kommt früher als erwartet von der Dienstreise zurück. Gegen Mitternacht schließt er die heimische Haustür auf. Im Flur stehen zwei Italiener. „Was geht hier vor?“ fragt er entgeistert. „Prego?“ tönt es ihm entgegen. „Ich frage: „Was geht hier vor?“
„Nix geht vor, erst Giovanni, dann ich, dann du!“

Gnädige Frau ist verreist

Die gnädige Frau eines guten Hauses war für zehn Tage verreist. Sie ließ ihren Mann, ihr Töchterchen und das Dienstmädchen alleine und meinte, es würde auch ohne sie gehen. Und dann kam sie wieder, die Wiedersehensfreude war groß. Es wurde gefragt, was alles so geschehen ist. Die kleine Tochter war ganz aufgeregt. Sie erzählte, daß sie Montag beim Ballettunterricht und Dienstag zum Rollschuhlaufen war. Alle saßen friedlich beieinander, der Papa, das Dienstmädchen, die Tochter und die zurückgekehrte Mutti. Auf einmal sagte die Kleine: „Und dann muß ich dir noch eins sagen, Mami, am Donnerstag hat Papi bei mich geschlafen!" Sagt das Dienstmädchen: „Bei mir!" „Nein", entgegnet die Kleine, „das war am Freitag!"

Junge in Mädchenklamotten

Der Lehrer ruft die Mutter einer seiner Schüler an. „Frau Plötzke, es ist mir peinlich, aber ich mache mir Gedanken über Ihren Sohn. Er ist jetzt fünfzehn Jahre alt, aber er trägt Mädchenstrümpfe. Wie ich neulich feststellen mußte, trägt er sogar Mädchenunterwäsche, Strapse und BH."

„Oh“, sagt Frau Plötzke, „dieser Teufelskerl, ich hab’ ihn schon lange im Verdacht, daß er die Sachen seines Vaters trägt!“

Schwanger - hurra!

Nicht immer bringen die Kinder ihren Eltern erfreuliche Nachrichten. „Du, Papa“, sagt der älteste Sohn, „ich habe ein Mädchen in Verlegenheit gebracht, aber für zweitausend Dollar will sie den Mund halten. Könntest du mir bitte einen Scheck über diese Summe ausstellen?“ bittet der Sohn. Der Vater schreibt stillschweigend einen Scheck aus, als der jüngere Sohn reinkommt. Er sagt: „Papa, es tut mir sehr leid, aber ich habe eine junge Dame in Verlegenheit gebracht und die verlangt jetzt dreitausend Dollar und dann würde sie den Mund halten.“ Mit süßsaurer Miene unterschreibt der leidgeprüfte Papa auch diesen Scheck. Da kommt die kleine Tochter rein und schluchzt: „Papa, ich muß es dir sagen, ich glaube, ich bin schwanger.“ Freudestrahlend sagt er: „Hurra, jetzt kassieren wir!“

Die letzte Reise

Nicht jeder Urlaub endet mit einem Happy-End. Der Bürgermeister aus dem Nachbarort, in der letzten Zeit schon immer so ein bißchen kränklich und schlapp, hatte sich zu einem dreiwöchigen Urlaub in Italien entschlossen. Sonne, Meer - Bella Italia!! Das war nicht gut. Durch den Reisestreß oder das zu heiße Klima schloß Walter Kuhlwein für immer die Augen. Er starb kurz vor der Beendigung des Urlaubes im fernen Italien. Seine Leiche wurde überführt und zur Trauerfeier aufgebahrt. Da flüsterte einer der Trauergäste der Witwe zu: „Wie gut er aussieht."
„Ja", sagt sie, „der Urlaub wird ihm gutgetan haben!"

Kindererziehung

Nicht immer machen Eltern alles richtig, wenn es um die Erziehung der Kinder geht. Ein kleines Beispiel für einen falschen Entschluß ist folgende Episode. Vater und Sohn fahren im Autobus. Ein hübsches Mini-Mädchen steigt zu. Man kann nicht Rock dazu sagen, eher breiterer Gürtel. Und da sagt der Sohn: „Guck' mal, Papa, das ist ja ein süßes Ding." Der Vater ist natürlich erschüttert über die Frühreife seines Sohnes und was macht er, er steckt ihn in ein Knabeninternat. Nach drei Jahren sitzen die beiden wieder im Bus, da sagt der Sohn: „Och, guck' mal, Papa, so ein süßer Busfahrer!"

Opa im Puff

Für Opa war es natürlich immer schön, wenn er mal nach Kiel kam. Er mußte dann ja auch das süße Leben kennenlernen. Und das kann man natürlich in Kiel. Man nennt es ja nicht umsonst das Paris des Nordens. Er ging in so eine schöne Gaststätte, wo draußen eine rote Laterne leuchtete. „Och", dachte Opa, „da bist du ja genau richtig." Er setzt sich hin, hört lauschige Musik und bestellt sich ein kleines Getränk. Eine junge Dame setzt sich an den Tisch und sagt: „Es ist an und für sich üblich, daß die Damen auf Kosten der Herren eine Kleinigkeit trinken." „Ja", sagt Opa, „ich bin zwar nicht Rockefeller sein Sohn, aber trink' mal, was du möchtest, mein Deern." Die Musik setzt wieder ein, die beiden süffeln so ein bißchen. „Ja", sagt die junge Dame, „es ist an sich üblich, daß die Herren mit den Damen auch tanzen." „Ja", sagt Opa, „ich bin ja nun nicht Fred Astaire und auch nicht die Kessler-Zwillinge, aber so ein bißchen tanzen können wir ja." Sie tanzen Wange an

Wange. Nach einer Viertelstunde sagt sie: „Wir haben im dritten Stock sehr schöne Zimmer. Das ganze für dreihundert Mark.“ „Ja“, sagt Opa, „ich bin zwar kein Zuhälter, aber das Geld nehme ich natürlich!“

Faulheit

Die drei Söhne von Arno Pötschmann kannst du ok in de Piep smöken. Die drei sind solche Granaten für sich: Hajo, Jürgen und Uwe Pötschmann. Und diese drei streiten sich jetzt, wer der faulste ist. Hajo fängt an: „Eben habe ich auf dem Bürgersteig eine Brieftasche mit fünftausend Mark drin liegen sehen, aber ich war einfach zu faul, um mich zu bücken.“ Nun kommt Jürgen: „Ich ging die letzten Wochen mit offenen Schnürbändern, flog täglich auf die Fresse, aber ich war zu faul, sie zusammenzubinden.“ Jetzt kommt Uwe: „Ich war in Doktor Schiwago und habe vier Stunden gebrüllt.“ „Moment mal“, sagt Jürgen, „der Film ist aber nicht zum Brüllen.“ „Nee, das nicht, aber ich habe mir beim Hinsetzen die Finger eingeklemmt und war zu faul, um aufzustehen!“

Ostfriese in der Schule

Der Junge kommt aus der Schule. Er ist ganz begeistert und hat strahlende Augen. „Mami", sagt er, „heute war ich in Deutsch der Beste!" „Ach", sagt sie, „wie kommst du darauf?" „Die Lehrerin hat gefragt, wer die ‚Räuber' geschrieben hat und da hab' ich gesagt: ‚Schiller!' Ich war der Beste, ich war der einzige, der das konnte. Kann es sein, daß ich das wußte, weil ich Ostfriese bin?" „Nein", sagt die Mutter, „du hast dich immer für Deutsch interessiert. Du hast dich literarisch für dein Alter toll vorbereitet. Das hat damit nichts zu tun." Ein paar Tage später kommt er wieder und sagt: „Mami, heute war ich in Mathe der Beste." „Na", sagte sie, „und warum?" „Ja, die Lehrerin hat gefragt, wieviel ist sechs mal sieben und ich war der einzige der ‚zweiundvierzig' sagen konnte und das war richtig. Kann es sein, daß ich das wußte, weil ich Ostfriese bin?" „Nein", sagt die Mutter, „du warst immer gut in Mathematik. Du hast dich immer fortgebildet, das hat damit nichts zu tun." Ein paar Tage später kommt er wieder und sagt zu seiner Mutter: „Du, heute hatten wir Sport, da war ich auch der Beste." „Ja und?" fragt die Mutter. „Hinterher haben wir geduscht, wir waren alle splitternackt." „Ja und?" „Da habe ich festgestellt, alle hatten einen ganz kleinen Schniedelwutz und ich den größten. Kann es sein, daß

ich den größten habe, weil ich Ostfriese bin?"
„Nein", sagt die Mutter, „die anderen sind alle zehn und du bist dreiundzwanzig Jahre alt!"

Abtanzball

Sabine Clausen aus der Nachbarschaft war nun auch in so einem Alter, wo sie zum Abtanzball mußte. Die Tanzschule war gut, aber nun kam der Abtanzball. Was sollte sie anziehen? Sie war eine dem Alter entsprechend gut gebaute junge Dame und wünschte sich ein schulterfreies Abendkleid. „Nix", sagt Papa, „für ein schulterfreies Abendkleid ist meine Tochter viel zu jung. Was sagst du, Mutti?" „Ja, dafür ist sie noch zu jung, gehört sich so etwas vielleicht?" Und die Kleine bettelt und bettelt. Vater war immer tolerant. Für sein Sabinchen tat er alles. „Weißt du was, wir fahren jetzt mal in die Stadt und probieren ein paar schöne schulterfreie Kleider aus. Und wenn das Kleid oben bleibt, dann bist du alt genug!"

Drei Polizeiwitze

Das kann man sich ja wohl vorstellen, daß man richtig im Streß ist, wenn man Richtung Ostufer fahren will. Ich mit meinem Trecker bei Rot über die Ampel. Kam ein Polizist und sagte: „Fünfzig Mark!“ Ich sag’: „Gut, der Trecker gehört dir!“ Jetzt mußte ich mit auf’s Polizeirevier. Ich dachte: „Oh, oh, oh, jetzt erwischt du sie beim Beamtenmikado.“

Fragt der Polizist: „Wieso denn Beamtenmikado?“ „Ja“, ich sag’, „wer sich zuerst bewegt, hat verloren!“

Also, wenn es nun mit Bus oder Bahn besser geht, dann läßt du deinen Trecker in der Ecke stehen, das ist ja wohl klar. Aber schön ist es auch, wenn du so aus dem Polizeirevier herauskommst. Kommt eine kleine ältere Dame ganz aufgeregt auf den Polizeibeamten zu und sagt: „Herr Beamter, ich möchte eine Mitteilung machen, ich bin von einem Mann belästigt worden.“ Er fragt: „Oma, wie alt?“ „Ja“, sagt sie, „zweiundachtzig!“ „Und der hat sie belästigt?“ „Ja“, sagt sie, „das ist schon vierzig Jahre her, aber ich erinnere mich so gern daran!“

Stichstraßen

Jede Rundfunkanstalt ist froh, wenn die Hörer mitdenken, mitarbeiten und Anregungen geben. Auch wenn positive oder negative Kritik geäußert wird.
Wir freuen uns immer über Briefe an die Redaktion der Welle Nord.
Hier ist der Brief: „Sehr geehrte Redaktion, in einer Fernsehsendung erfuhr ich, daß es in Deutschland inzwischen 9758 Stichstraßen gibt. Ich wiederhole 9758 Stichstraßen. Ich selber bin auch Tennisfan und gönne Michael Stich seine Siege, aber geht das nicht ein bißchen zu weit und wird dieser Ruhm so einem jungen Menschen nicht in den Kopf steigen?"

In der Ortskrankenkasse

In der Ortskrankenkasse trifft Frau Deichsler ihre Nachbarin. Die ist ganz erstaunt. „Was machen Sie denn hier, Frau Deichsler?" „Ich habe einen Krankenschein für meinen Mann abgeholt und Sie?" „Ich laß' meinem Mann seinen verlängern." „Ach", sagt Frau Deichsler, „das ist ja interessant, macht man das hier auch?"

Betrunkene Dichter

Nun haben wir ja im schönen Bad Segeberg einen Dichterfürsten. Das ist ein Journalist, der nicht unbedingt die glücklichste Feder führt. Er schreibt mal an die Welle Nord oder an irgendeine Zeitung so ungefähr sechzig bis achtzig DIN A4-Seiten. Dann bekommt er das zurückgeschickt mit dem Vermerk, wir konnten das Papier leider nicht kaufen, es war schon beschrieben. Wenn du dann so einen Dämpfer bekommst, dann bleibt dir ja nichts anderes übrig, du gehst in dein Stammlokal und haust dir ein paar Schnäpse ins Gehirn. Es ist eine ganz natürliche Reaktion, daß man dann ein bißchen dun wird. Und unser Dichterfürst war dann auch dun, setzt sich in sein Auto und fährt im ondulierten Stil los. Das sehen zwei junge Polizisten, nehmen die Verfolgung auf, halten ihn an und er steigt aus dem Auto. „Na“, sagt der eine Polizist, „Dichterfürst, wohl ein bißchen zu tief ins Glas geschaut, was?“ Lallend antwortet dieser: „Mein lieber guter Freund, das will ich dir mal sagen, Dostojewski hat getrunken, Tolstoi hat getrunken, Edgar Allan Poe hat getrunken und Hemmingway hat auch getrunken.“ Da geht der junge Polizist ans Funkgerät in seinem Auto und ruft die Zentrale an: „Leute, macht mal den ganzen Bezirk dicht, hier fahren nur Besoffene!“

Sturz vom Kirchturm

Eine schmucke Kreisstadt muß auf alles achten. Es muß alles schön sein. Es müssen die Parks gepflegt sein, der Kirchplatz und die Kirche. Bei uns wurde nun der Kirchturm repariert. Die besten Handwerker waren am wirbeln. Und wie es dann so ist, kam einer der Zimmerleute im Eifer des Gefechts ins straucheln und fiel vom Turm. Einer seiner Kollegen rief ihm nach: „Du, Siegfried, brauchst nicht wieder hochzukommen, ist ja doch gleich Feierabend!“ „Mann“, sagt der Polier, „das brauchst du dem doch nicht nachzurufen, das sieht er doch selbst, er fliegt doch an der Uhr vorbei!“

Auf dem Patentamt

Freudestrahlend meldet sich der junge Erfinder auf dem Patentamt. „Ich habe eine sensationelle Haarschneidemaschine entwickelt! Man muß nur noch den Kopf reinstecken und schon fangen die Messerchen an zu schneiden. Fassonschnitt allererste Sahne.“ Da sagt der Mann vom Patentamt: „Ja, aber jeder Kunde hat doch eine andere Kopfform.“ „Ja“, antwortet darauf der junge Erfinder, „das erste Mal schon!“

Mit Bonbons in die Oper

Man geht gerne ins Theater und man ißt gerne im Theater. Ein älteres Ehepaar sitzt in der Loge, die Tüte knistert und die Karamelbonbons schmecken gut. Plötzlich sucht und tastet er auf dem Fußboden herum. Da fragt sie flüsternd: „Was ist denn los mit dir?“ Er antwortet etwas unartikuliert: „Mein Sahnebonbon ist weg, den muß ich notwendig wiederhaben.“ „Mensch“, sagt sie, „ich hab' doch noch eine ganze Tüte hier.“ „Ja“, antwortet er, „aber an meinem Bonbon klebt mein ganzes Gebiß!“

Katze jagt Maus

Folgende Geschichte spielt sich auf einem kleinen Bauernhof in der Nähe von Husum ab. Die Katze ist mal wieder hinter der Maus her und jagt die Maus kreuz und quer über den Hof. Die Maus sieht ihre letzte Chance im Kuhstall, wo die einzige Kuh von Bauer Kuhlbrook steht. Die Kuh will der Maus helfen, fordert sie auf, sich hinter sie zu stellen und scheißt die Maus mit einem großen Haufen zu. Leider guckt oben aus dem Fladen noch der Schwanz von der Maus raus. Die Katze kommt um die Ecke, sieht den

frischen Kuhfladen und natürlich auch den Schwanz von der Maus. Sie schleicht sich ran, zieht die Maus am Schwanz raus und frißt sie auf. Und die Moral von der Geschicht:
Erstens: Wenn dich einer anscheißt, muß er nicht unbedingt dein Freund sein, siehe Kuh!
Zweitens: Wenn dich jemand aus der Scheiße rauszieht, muß er nicht zwingendermaßen dein Freund sein. In diesem Fall die Katze.
Drittens: Aber wenn du schon in der Scheiße steckst, dann zieh' wenigstens den Schwanz ein!

Partygeflüster

Auf Parties sollte man sich mit seinen Bemerkungen ruhig mal etwas zurücknehmen und nicht immer so vertrauensseelig sein. Der Schuß könnte nach hinten losgehen. Auf einer Party habe ich fogendes beobachtet. Sagt ein Partygast zum anderen: „He Sie, schaun' Sie mal die hübsche Blondine mit den langen Beinen und dem Knackepo, das ist meine Frau und neben ihr die Brünette, das ist meine Geliebte." „Merkwürdig", meint der andere, „bei mir ist das genau umgekehrt!"

Vertreter und Bulle

Vertreter sind immer eine Gang für sich. Verkaufen einem eine Melkmaschine, nehmen dafür die letzte Kuh in Zahlung. Sie verkaufen einem eine Kuckucksuhr plus ein Zentner Vogelfutter. Wenn es sein muß, verkaufen sie dem Papst auch ein Doppelbett. Unser Nachbar Pilgrimm hatte auch Besuch von so einem Vertreter. Nachdem er alle Geschäfte getätigt hatte, fragte der Vertreter: „Sagen Sie, komme ich rechtzeitig noch zum Fünfuhrzug, wenn ich über ihre Wiese renne?“ „Ja klar“, sagt Pilgrimm, „und wenn Sie unterwegs meinen Bullen treffen, dann schaffen Sie sogar den Zug um vier Uhr vierzig!“

Niendorfer Strand

Frau Dorothea Küselmann ist in unserem Dorf nicht unumstritten. Sie schludert gern ein bißchen, ist wahnsinnig neugierig und schießt gar manchen Giftpfeil ab. Kurz und gut, Dorothea ist mit Vorsicht zu genießen. Letztens stichelte sie die Frau unseres Bürgermeisters an: „Du, Else, ich hab' letztens deinen Mann am Niendorfer Strand mit einer Blondine gesehen.“
„Ja und?“ sagt Else, „was hast du denn bei einem Mann in diesem Alter erwartet - Eimerchen und Schaufel?“

Klempner zu spät

Klingelt ein Klempner an der Tür und sagt: „Guten Tag, ich bin hier, um das Waschbecken zu reparieren." „Oh", sagt die Dame, die die Tür geöffnet hat, „bei uns ist ja gar nichts kaputt." „Ja, aber warum haben Sie mich denn rufen lassen, Frau Müller?" „Ich bin Frau Meier, Familie Müller ist vor anderthalb Jahren ausgezogen." „Das ist ja unglaublich", antwortet daraufhin der Klempner, „erst bestellen die Leute ganz dringend einen Klempner und dann ziehen sie um!"

Das überlegene Geschlecht

In einer gut besuchten Buchhandlung sitzen viele Leute und schmökern. Ein sehr selbstbewußter, gutgekleideter Herr geht auf eine Verkäuferin zu und sagt: „Guten Tag, ich hätte gern das Buch ‚Der Mann, das überlegene Geschlecht'. Die Verkäuferin fragt: „Bitte?" Der Kunde wiederholt: „Ich hätte gern das Buch aus dem Macho-Verlag ‚Der Mann, das überlegene Geschlecht'." „Oh", sagt die Verkäuferin, „das tut mir leid, Science-fiction-Literatur und utopische Romane finden Sie nur im zweiten Stock!"

Teuerungswelle

Man merkt ja, daß alles teurer wird. Ich war beim Friseur. Plötzlich bezahle ich zwei Mark mehr. Ich sag': „Wieso muß ich denn jetzt zwei Mark mehr bezahlen, vor einem Vierteljahr war das ganze noch für zwei Mark weniger zu haben?"
„Ja", sagt der Friseur, „beim Rasieren hat sich das sehr bewährt. Bei dieser Regierung sind die Gesichter alle ein bißchen länger geworden!"

Was soll ich in Kiel?

In Hamburg treffen sich zwei alte Freunde. Der eine hat einen Straßenkreuzer. Sagt der eine: „Was kostet denn so ein Auto?" „Na so zweihundertfünfzigtausend Mark mußt du schon rechnen, aber was willst du mit so einem Ding?"
„Du, das will ich dir sagen, wenn ich den richtig bewege, so richtig Bleifuß, dann bin ich in einer halben Stunde von Hamburg in Kiel." Sagt der andere: „Du, den kauf' ich mir auch, das ist ja ein heißes Ding." Sie treffen sich nach Wochen wieder. Der andere Freund geht immer noch zu Fuß. Fragt ihn sein Freund: „Hast du dir den Wagen immer noch nicht gekauft?" „Nee, du ich hab' es mir überlegt, was soll ich in Kiel?"

Ewald unter'm Pantoffel

„Ewald Neumann, du sollst ja furchtbar unter'm Pantoffel stehen." „Ich? Was meinst du wohl, wenn ich mit der Faust auf den Tisch haue, dann ist aber nichts Gutes mehr dran." „Ja, aber die Leute sagen immer, daß deine Frau das Sagen hat." „Och, aber jetzt kann ich dir mal ein Beispiel nennen. Gestern hat sie auf allen Vieren vor mir gelegen." „Und, was hat sie gesagt?" „Komm unter'm Sofa raus, du Feigling!"

Hummer zu Fuß

Wir waren, bevor wir in Kiel ankamen, in einem schönen Gasthof. Ich sag': „Herr Ober, ich hab' schon mal besser gegessen." „Ja", sagt er, „aber nicht bei uns!"

Ja, wenn du so als Bauer nach Kiel fährst, mußt du ja mal die Früchte des Meeres essen. Und ich sag' zu Steffen: „Weißt du was, ich möcht' jetzt so schön einen halben Hummer." Es dauert eine halbe Stunde, der Kellner kam und es kam eine schöne Silberschale mit einem schön dekorierten Hummer. Ich schnuppere und sag': „Steffen, der Hummer stinkt, der ist nicht frisch. - Herr Ober, der Hummer, den Sie serviert haben, der ist nicht frisch und stinkt." „Moment", sagt der Ober, „der ist heute morgen von der Nordsee gekommen." „Ja", sag' ich, „aber bestimmt zu Fuß!"

Von den Socken

Zwei Geschäftsfreunde treffen sich im Golfclub Timmendorf, besprechen die letzten Aktivitäten, Urlaubsaktivitäten und Familienangelegenheiten. Sie trinken ein paar schöne abgehangene Whisky. Da schießt es aus dem einen heraus: „Hans-Jürgen, ich muß dir ein Ding erzählen, da wirst du bekloppt. Also, du weißt ja, ich hatte letzte Woche Geburtstag, ich komme ins Büro und werde von keinem registriert. Ich bekomme keinen Blumenstrauß und keiner gratuliert mir. Da hab' ich mir meine Sekretärin vorgenommen, hab' die richtig auf den Pott gesetzt und hab' gesagt: ‚Wissen Sie eigentlich nicht, daß ich heute Geburtstag habe?' Da war ihr das peinlich. ‚Oh', sagt sie, ‚das ist mir vielleicht peinlich. Sie müssen entschuldigen, aber ich kann folgendes machen, ich bitte Sie, heute nachmittag sechzehn Uhr zu mir nach Hause zu kommen.' Und das geschieht auch, ich fahre dort hin. Und dann steht sie da, kommt auf mich zu und sagt: ‚Ich verschwinde jetzt kurz im Schlafzimmer und wenn ich dreimal in die Hände klatsche, dürfen Sie nachkommen, Herr Direktor.‘ Ich warte fünf Minuten, höre eins, zwei, drei und springe auf. Sie macht die Tür auf und was war, sie hatte die ganze Belegschaft zu meinem Geburtstag eingeladen.“ „Mensch, da warst du aber von den Sokken, was?“ „Nee“, sagt er, „das war das einzige, was ich noch anhatte.“

Steffen war zur Kur

Steffen war gerade von der Kur zurückgekommen. Ich glaube, er war in Garmisch-Partenkirchen. Ich sag': „Na, mein Guter, hat es dir gutgetan?“ Er sagt: „Ja, es war wunderbar, die haben mir gleich eine Essich-Diät verschrieben.“ Ich sag': „Was ist das denn?“ „Ja“, sagt er, „eß' ich oder eß' ich nicht. Da war ein Internist, der hat festgestellt, ich hab' Wasser in den Beinen.“ Ich sag': „Mein Guter, das kann doch nicht sein, du hast doch dein Lebtag Korn und Bier gesoffen.“ „Ja“, sagt er, „das kann sein, daß beim Zähneputzen so ein bißchen durchgesickert ist!“

Der älteste Beruf

Man streitet sich ja immer noch gerne in irgendwelchen Fakultäten, welcher Beruf der erste, zweite oder dritte war. Ein Arzt zum Beispiel meint: „Als Gott die Welt erschuf, nahm er aus Adams Leib eine Rippe. Das war die erste Operation, also ist der Beruf des Chirurgen der älteste." „Stimmt doch gar nicht", meint der Architekt, „lange vor der Erschaffung des Menschen hat Gott die Welt aus einem Chaos erbaut. Das beweist eindeutig, daß der Beruf des Architekten viel älter ist." Da sagt der Politiker: „Und wer hat das Chaos erschaffen ?"

Die Blaskapelle

Bei uns im Dorf gibt es immer noch Höhepunkte: Feuerwehrball, Kindervogelschießen, Treckergeschicklichkeitsfahren und Ringreiten. Wir haben unsere aktiven Landfrauen, den Heimatverein, die Laienspielgruppe, den Sportverein und die über die Grenzen des Dorfes bekannte Blaskapelle. Kürzlich spielt diese Blaskapelle vor unserem ältesten und schönsten Haus im Dorf. Ein paar Touristen versammeln sich vor der Tür und lauschen andächtig den rustikalen Klängen. Schließlich fragt einer der

Fremden einen Einheimischen: „Entschuldigen Sie, warum spielen die denn überhaupt ein Ständchen?“ „Ja“, sagt er, „unser Bürgermeister hat Geburtstag.“ „Ja, und warum zeigt er sich nicht mal am Fenster?“ „Nee, das geht ja nicht, der spielt ja mit!“

Was Frauen beim Sex denken

Heute wollen wir uns mal Gedanken machen, was die Frauen so bei der Liebe denken. Das junge Mädchen denkt: „Hoffentlich bekomme ich kein Kind.“ Die Geliebte denkt: „Hoffentlich kauft er mir den Pelz und fährt mit mir in den Urlaub.“ Und die Ehefrau denkt müde: „Die Zimmerdecke müßte auch mal wieder gestrichen werden.“

Oma auf der Bank

Was ist überhaupt noch sicher und wo kann man was anlegen, denkt sich Oma Brennecke und geht zu ihrer Sparkasse. Sie will mit fünfzig Mark ein Konto eröffnen. Oma fragt die Sparkassenangestellte: „Ist mein Geld bei Ihnen auch sicher?“ „Aber selbstverständlich, Frau Brennecke“, antwortet diese, „daß Sparkassen mal Pleite machen, das gibt es gar nicht mehr.“

„Aber wenn nun doch?" fragt Oma. „Dann kommt die Landeszentralbank für ihre Spareinlage auf", antwortet die Sparkassenangestellte. „Ja, und wenn die nun Pleite macht", fragt Oma. „Dann kommt die Bundesbank dafür auf", lautet die Antwort. Oma fragt hartnäckig nach: „Und wenn die Pleite macht?" „Dann kommt die Bonner Regierungskoalition dafür auf", lautet die Antwort. „Und wenn die Pleite macht", will Oma wissen. „Mensch", sagt die Dame von der Sparkasse, „liebe Frau Brennecke, das müßte Ihnen doch diese lausigen fünfzig Mark wert sein!"

15 Bier, 15 Korn

Man darf nie um eine Ausrede verlegen sein. Wieder war Stammtisch und es hatte mich erwischt, ich wurde zuhause gefragt, was denn vorgefallen wäre. Ich sagte lallend: „Liebes kleines Schnutzibutzi, meine kleine Taube, ich war beim Stammtisch und da hat mich einer beleidigt." Meine Frau fragte: „Aber wieso das denn?" Mit schwerer Zunge antwortete ich meiner Frau: „Er hat zu mir gesagt, ich könne keine 15 Bier und keine 15 Korn trinken." Und da fragte meine Frau: „Was hast du gemacht?" Ich antwortete etwas undeutlich: „Ich habe diese Beleidigung stillschweigend hinuntergeschluckt!"

Spatz mit Meise

Zwei weibliche Spatzen treffen sich, wie immer warten sie morgens, daß der Reitverein einen Ausritt gemacht hat, um sich an dem frisch Hinuntergefallenen zu laben. Die eine Spätzin war überhaupt nicht dazu zu bewegen. Sie sitzt ganz betroffen und bedrückt auf dem Ast. Fragt sie die andere Spätzin: „Was ist mit dir, bist du heute nicht in Form? Mensch, die Reiter kommen, siehst du das nicht?“ „Nee“, sagt sie, „ich hab' keinen Appetit.“ Sagt die andere wieder: „Was ist denn los mit dir, du bist sonst die Betriebsnudel, was ist denn?“ „Ja“, sagt sie, „ich hab' rausgekriegt, mein Mann hat 'ne Meise!“

Das Gründungsmitglied

Wenn wir in Kiel sind, dann nehmen wir alles wahr. Mit Steffen bin ich dann in so einen schönen Nachtclub gegangen. Da wurde ihm dann eine etwas ältere Dame zugewiesen. „Ja“, sagt er, „ist ja gut und schön, es ist ja das älteste Gewerbe der Welt, dagegen hab' ich nichts zu sagen, aber warum muß ich denn unbedingt ein Gründungsmitglied kriegen?“

Kluge Personenwaage

Um sich die Wartezeit auf seinen Zug zu verkürzen, stellt sich der Reisende auf eine Personenwaage, wirft eine Münze ein und erhält prompt ein Kärtchen, auf dem steht: „Sie heißen Jürgen Junghans, sind am 11.5.42 geboren, wiegen 78 Kilo und warten auf den 9.45 Uhr Zug nach Bottrop." Der Mann ist verblüfft. Er macht noch einen Versuch und stellt sich verkehrtherum auf die Waage. Wieder kommt ein Kärtchen: „Sie heißen Jürgen Junghans, sind am 11.5.42 geboren, wiegen 78 Kilo, warten auf den 9.45 Uhr Zug nach Bottrop". Mensch, denkt er, das gibt es doch nicht, ich werd' ja bekloppt. Er fährt in die Stadt, kauft sich einen Bart, eine Pappnase und eine Sonnenbrille. So schön verkleidet stellt er sich wieder auf die Waage. Die Münze fällt, das Kärtchen klappert raus und er liest: „Sie heißen Jürgen Junghans, sind am 11.5.42 geboren, wiegen 78 Kilo und haben durch den Blödsinn eben den 9.45 Uhr Zug nach Bottrop verpaßt!"

Organ

Es gibt ja Theatervorstellungen, wo sich Gesang und Ballett gut mischen. Bei einer dieser Veranstaltungen hat der Hauptdarsteller eine sagenhaft enge Hose an. Man könnte fast Leggings dazu sagen. Er singt und macht dabei Ballettsprünge, alles mit dieser engen Hose. Da flüstert eine Besucherin ihrer Nachbarin zu: „Mein Gott, der hat aber auch ein Organ." „Ja", sagt die andere, „und ich finde, der kann auch gut singen!"

Schwangere Tramperin

Auf der Autobahn Hamburg-Kiel, steht etwas hinter Neumünster eine junge Tramperin. Sie hat Glück, denn ein Lastwagenfahrer hält, sie steigt ein und raucht ein Zigarettchen. Er guckt nach rechts und sagt: „Mein liebes Mädchen, das ist aber eine fruchtbare Gegend hier zwischen Hamburg und Kiel, du bist schon die dritte Schwangere, die ich mitnehme." Sie antwortet: „Moment mal, ich bin nicht schwanger." „Ja", sagt er, „wir sind auch noch nicht in Kiel!"

Angler-Latein

Ein Jäger, ein Angler und ein Politiker kommen in den Himmel. Aber auf dem Weg dorthin müssen alle drei den Sumpf der Lüge durchwaten. Erst marschiert der Jäger los und sinkt bis zum Bauchnabel ein. „Selbst Schuld, denkt er sich, das hab' ich nun von meinem Jägerlatein". Als er sich nach dem Angler umdreht, sieht er, daß der nur bis zu den Knöcheln im Sumpf steckt. „Das gibt es doch nicht", ruft er dem Angler zu, „ich hab' mir doch jahrelang deine Lügereien anhören müssen". „Psst", sagt der Angler, „ich steh' auf dem Politiker!"

Reiseticket

Das Ehepaar Steffen hat es tatsächlich geschafft. Die beiden stehen auf dem Hauptbahnhof, Bahnsteig 11, keuchend, schwitzend, prustend und erschöpft. Ihr Ziel: Garmisch-Partenkirchen. Er wischt sich den Schweiß von der Stirn, sie versucht verschämt, ihre Unterarmnässe zu verbergen und prüft kritisch die Anzahl der Gepäckstücke. Sie zählt laut: „Drei Koffer, zwei Reisetaschen, zwei Rucksäcke, zwei Wanderstöcke, zwei Seesäcke, eine Fototasche" und sagt, „du Hannes, jetzt wäre es natürlich schön, wenn wir unser Sofa auch hier hätten.“ Er sagt: „Wieso denn das Sofa? Was willst du denn mit dem Sofa, soll das ein Witz sein?“ „Nee, absolut nicht“, sagt sie, „auf dem Sofa liegen unsere Fahrkarten!“

Salzstreuer

Es sitzen zwei Schweizer in einem alten Berggasthof und essen dort. Sagt der eine im besten Schwizerdütsch: „Du, Emil, das Essen ist nicht salzig genug.“ „Du, wenn ich ehrlich bin, mir ist das auch nicht salzig genug“, antwortet dieser. Und so nimmt Emil von einem Nachbartisch ein Salzfäßchen, will streuen, aber das Salzfaß ist verklebt. Der andere will es nun auch versuchen, aber es kommt kein Salz heraus.
Kommt ein Berliner auf die beiden zu und sagt: „Jestatten Sie, dat ik unter die Arme greife, wa?“ Nimmt so'n Zahnstocher und sticht durch diese fünf verkrusteten Löcher durch. Der eine der Schweizer streut mit dem Salzfaß und der andere Schweizer ebenfalls. Die beiden sind begeistert, der Salzstreuer funktioniert super. Der Berliner ist schon längst gegangen. Sagt der eine Schweizer: „Du, Emil, ich kann die Deutschen an und für sich nicht leiden, aber technisch sind sie uns überlegen!“

Brot aus dem 12. Stock

In einem Wohnblock wohnt im zwölften Stock ein junger Mann und im ersten Stock Frau Plötzke, eine sehr biestige alte Dame. Die beiden mögen sich überhaupt nicht. An einem Sonntagabend sitzt er vor dem Fernseher, und plötzlich verspürt er ein Hungergefühl. Er geht an seinen Kühlschrank und danach an seinen Brotschrank, aber beide Schränke sind leer. Und aus dem Schrank klingt es dumpf, NULL ist Trumpf! So, denkt er, jetzt mußt du zu dieser Frau Plötzke und um ein Stück Brot betteln. Er geht in den Fahrstuhl, ist im zehnten Stock und überlegt. Du gehst hin und sagst: „Guten Abend, liebe Frau Plötzke, entschuldigen Sie bitte, ich bin in Verlegenheit, könnten Sie mir zwei Scheiben Brot leihen?" Er ist im achten Stock und denkt: „Nee, guten Abend sag' ich nicht, ich grüße die sonst auch nicht, die blöde Ziege, warum soll ich sie denn heute grüßen, bin ich denn bekloppt?" Im sechsten Stock sagt er: „Liebe Frau Plötzke - schon gar nicht, diese Zimtzicke!" Er ist im vierten Stock und denkt: „Die grüße ich überhaupt nicht." Er steht vor der Tür, Frau Plötzke öffnet und er sagt: „Guten Abend, Frau Plötzke, Ihr doofes Brot können Sie sich ins Haar schmieren!"

Licht aus beim Jägerball

Der junge Piepenbrink, was mein Sohn ist, tanzt mit seiner Braut auf dem Jägerball. Es ist eine tolle Stimmung, herrliche Musik und es wird schön viel Korn und Bier getrunken. Er wird immer mutiger. Schlagartig geht das Licht aus und es herrscht ein großes Durcheinander und Hallo. Als es nach ein paar Minuten wieder hell wird, sagt er: „Hätte ich gewußt, daß es so lange dunkel bleibt, hätte ich dich vernascht." Sie ist ganz entsetzt. „Um Gotteswillen, du warst das gar nicht?"

Schlangenbaby mit Biß

Ein kleines schüchternes Schlangenbaby schlängelte sich an die Mutter und fragt: „Mami, sind wir eigentlich giftig?" „Nein, wieso?" fragt die Schlangenmutter. „Ich hab' mich eben in die Zunge gebissen und jetzt hab' ich Schiß!"

Scheidungsrate

Die Scheidungsrate steigt drastisch laut Statistik. So auch in unserem Dorf. Frau Friemel sitzt beim Rechtsanwalt: „Herr Avkat, ik will nu vun mien Mann los.“ „Ja, wat hett he denn maakt?“ fragt der Anwalt. „Wat schull he denn maakt hebben?“ fragt Frau Friemel. „Ja, irgendwat mutt he doch maakt hebben, dor is doch irgendwat nich inne Reeg. Suupt he?“ fragt der Anwalt. „Nee, dat kann man nich seggen, supen deiht he nich“, sagt Frau Friemel. „Arbeitet er denn nicht, is he fuul?“ fragt wiederum der Anwalt. „Nee, wat glöben Se, mien Mann un fuul, de arbeidt sik nochmal dood!“ antwortet Frau Friemel. Da fragt der Anwalt: „Un wo süht dat mit de Treue ut?“ „Herr Avkat“, sagt Frau Friemel, „dormit könn wi em kriegen, dat letzte Göör is nich vun em!“

Schmeichelei im Alter

Zwei alte Freunde von neunzig und zweiundneunzig Jahren treffen sich auf dem Dorfplatz. Sie haben sich lange nicht gesehen und daher sprechen sie über alles. Da sagt der eine: „Du, hör mal zu, ich hab’ dich eigentlich lange nicht gesehen, wo hast du denn gesteckt?“ Dem ist das so ein bißchen peinlich, er druckst rum und sagt dann: „Dir kann ich das ja sagen, ich war sechs Monate im Kittchen wegen Vergewaltigung." Sagt der andere: „Ich werd' doch bekloppt, du wegen Vergewaltigung mit zweiundneunzig Jahren. Das ist doch lächerlich." „Ja", sagt er, „das weiß ich doch auch, ich fühlte mich so geschmeichelt, daß ich nicht widersprochen habe!"

Kanarienvögel im LKW

Ein junger Mann sitzt neben einem LKW-Fahrer, der ihn als Anhalter mitgenommen hat. Sie unterhalten sich nett. Der LKW-Fahrer haut alle zwei bis drei Minuten mit dem Ellenbogen gegen den Rücksitz. Sie unterhalten sich weiter über die politische Lage, Gesundheit und Krankheiten. Und immer wieder haut der LKW-Fahrer mit dem Ellenbogen nach hinten gegen den Sitz. Da fragt dann der junge Mann: „Was machen Sie da eigentlich?" „Ja", sagt der LKW-Fahrer, „junger Mann, wir haben einen Transporter, haben zehn Tonnen Kanarienvögel geladen und mein Laster ist nur für sechs Tonnen zugelassen. Jetzt muß ich immer sehen, daß vier Tonnen in der Luft sind!"

Leipziger Konditorei

In einer Leipziger Konditorei bestellt ein Gast ein Stück Quarkkuchen. Nach dem ersten Bissen, ruft er den Ober und sagt: „Der Quarkkuchen schmeckt aber nicht, der ist bitter!" Freundlich schlägt der Ober vor: „Wir können ja umtauschen, wünschen Sie vielleicht einen Streuselkuchen?" „Na schön", sagt der Gast, „bringen Sie mir einen Streuselkuchen, aber ich hab' den Quarkkuchen schon angebissen." „Macht nichts", antwortet der Ober, „wir haben auch angebissenen Streuselkuchen!"

Streß im Zug

Ein Mann mit vier Kindern sitzt im Intercityabteil. Es herrscht das Chaos, es wird herumgeschrien und gejohlt. Einem älteren Fahrgast geht das natürlich ganz gewaltig an den Nerv und plötzlich platzt ihm der Kragen. „Wenn Sie nicht augenblicklich hier für Ruhe sorgen, mein Herr, kriegen Sie Ärger mit mir, das schwöre ich Ihnen." Man sieht seine Zornesadern schwellen. Da lacht der angesprochene Vater nur ganz mitleidig und sagt: „Guter Mann, meine Kleinste hat soeben die Hosen gestrichen vollgemacht, der Volker hat unsere Fahrkarten zerrissen, der

Siegbert hat meine Taschenuhr zerdeppert, Sabinchen hat gerade ein Fünfmarkstück verschluckt, meine Frau ist beim Umsteigen abhandengekommen und soeben habe ich festgestellt, daß wir im falschen Intercity sitzen, also was soll ich da noch für Ärger kriegen ?"

Piloten im Nebel

Drei Piloten unterhalten sich. Sagt der erste, ein US-Pilot: „Jedesmal, wenn ich nach New York fliege, da lande ich nach Gefühl. Fenster auf, Arm raus, Freiheitsstatue fühlen, Arm rein und landen." „Das mache ich genauso", sagt der Franzose, „Fenster auf, Arm raus, Eiffelturm fühlen, Arm rein und landen." „Da hab' ich es leichter", sagt der Pilot aus Neapel, „Fenster auf, Arm raus, Arm rein und landen." Alles staunt. „Ja", sagt er, „das ist doch ganz einfach, Arm raus, Arm rein, Armbanduhr geklaut, wir sind in Neapel !"

Ein kurzer Tag

Jeder Morgen verläuft anders. Man ist vor Überraschungen nie gefeit. Das betrifft sowohl Mensch als auch Tier. Morgens früh klingelt der Wecker, die junge Frau springt aus dem Bett, schlüpft in den Morgenmantel, läuft in die Küche, stellt die Kaffeemaschine an, läuft ins Bad, läßt Badewasser ein und nimmt das Tuch vom Papageienkäfig. In diesem Moment klingelt das Telefon, eine männliche Stimme sagt: „Hallo, Liebling, ich hab' grad' etwas Zeit, ich bin in fünf Minuten bei dir." Die Frau läuft in die Küche, stellt die Kaffeemaschine ab, läuft ins Bad, stellt das Wasser ab, zieht den Morgenmantel aus und legt das Tuch über den Käfig. Da knurrt der Papagei: „Verdammt kurzer Tag heute !"

Ausflug nach Frankfurt

Reisen bildet. Mit der Volkshochschule ging es nach Husum, nach Schleswig - Schloß Gottorf -, nach Lübeck in die schönen Museen und zum Holstentor. Und dann kam der Bürgermeister auf die Idee, wir fahren nach Frankfurt am Main. Wir fuhren alle los, Feuerwehr, Landfrauen, alle in guter Stimmung. Aber es war anstrengend und wir landeten irgendwann im Goethe-Haus. Der Bürgermeister war fertig, vielleicht auch vom Äppelwoi. Er sucht einen Platz, findet auch einen und setzt sich ausgerechnet auf Goethes Stuhl. Der Fremdenführer, ganz böse, stürzt auf den Bürgermeister zu und sagt: „Sie sitzen auf dem Lieblingsstuhl des Dichters.“ „Ja, ja“, sagt der Bürgermeister, „ist ja gut, wenn er kommt, steh’ ich selbstverständlich auf!“

Dienstmädchen kündigt

Die gnädige Frau ist sehr, sehr entsetzt. Das Kündigungsschreiben auf dem Tisch, nimmt sie sich das junge Dienstmädchen auf die Seite und sagt: „Elvira, vierzehn Jahre waren Sie in unserem Hause und wollen uns jetzt verlassen.“ „Ja“, sagt sie, „ich glaube, es ist besser, ich gehe.“ „Ja, glauben Sie denn, daß Sie es woanders besser haben als bei uns“, fragt die gnädige Frau. „Nein“, sagt das Dienstmädchen, „besser nicht - aber öfter!“

Hörerpost

Wir sind natürlich ganz besonders stolz bei der Welle Nord auf unsere Hörerinnen und Hörer, die aktiv am Geschehen teilnehmen und sich an allen aktuellen Dingen beteiligen. Auch auf die, die anrufen und Briefe schreiben. Folgender Brief erreichte die Redaktion:
Sehr geehrte Damen und Herren, ich habe eine schwere Frage an Sie, die mich schon lange bedrückt. Ich habe zwei Brüder, der eine sitzt seit fünf Jahren im Zuchthaus wegen Verführung Minderjähriger, der andere ist beim NDR beschäftigt. Mein Vater verkauft Haschisch und Opium an Studenten und meine Mutter ist seit vielen Jahren in einer Trinkerheilanstalt. Ich selbst habe die Hälfte meines Lebens wegen Vergewaltigung älterer Damen im Gefängnis zugebracht. Jetzt habe ich ein Mädchen kennengelernt, das wegen eines einfachen Doppelmordes fünf Jahre im Zuchthaus verbracht hat und dort schwer arbeiten mußte. Ich liebe dieses Mädchen abgöttisch und will es heiraten und nun meine Frage an Sie: Kann ich dieser Frau sagen, daß mein Bruder beim NDR beschäftigt ist?

Strauß im Himmel

Konrad Adenauer kam in den Himmel. Der liebe Gott ging auf ihn zu und sagt: „Verehrter Herr Bundeskanzler, lieber Herr Doktor Adenauer, was haben Sie auf der Erde Großes geleistet in diesen vierzig Jahren?“ Und Adenauer in typischer Manier sagt: „Als Bundeskanzler der Bundesrepublik Deutschland habe ich dem deutschen Volk wieder zur Weltgeltung verholfen.“ Da sagt der liebe Gott zu Petrus: „Dieser Mann hier braucht einen guten Platz im Himmel, bitte sorge dafür.“ Dann kam Heinrich Lübke, der zweite Bundespräsident, ein Wunderkind. Er sprach mit siebzig noch das, was er mit sieben Jahren sprach. Der liebe Gott kam auf ihn zu und sprach: „Herr Bundespräsident, was haben Sie auf der Erde Großes geleistet?“ Lübke sprach in der für ihn typischen Art: „Als Bundespräsident der Bundesrepublik Deutschland war ich ein Botschafter in Sachen Brüderlichkeit und Versöhnung.“ Da sagt der liebe Gott: „Petrus, auch dieser Mann braucht einen guten Platz hier im Himmel, bitte sorge dafür.“ Dann kam Franz-Josef Strauß in den Himmel. Der liebe Gott kam auf ihn zu und sagte: „Mein Sohn, was hast du Großes auf der Erde geleistet?“ Und Franz Josef antwortet in seiner typischen bayerischen Art: „Also, erstens bin ich nicht dein Sohn und zweitens sitzt du auf meinem Platz!“

Familienplanung

Mit dem Kinderkriegen ist das schon so eine Sache. Der junge Geselle eines mittelständischen Schlosserbetriebes bittet seinen Meister um die Erlaubnis, seine Arbeit für fünfzehn Minuten unterbrechen zu dürfen. Der Meister schaut seinen Gesellen ungläubig mit großen Augen an und fragt: „Wat schall dat denn, Alfons?“ Da meint der Geselle: „Also Meister, das ist so, meine Frau wird nämlich ein Baby bekommen.“ „Ja“, sagt der Meister, „wenn dat so is, denn hau' man af.“ Und tatsächlich, eine Viertelstunde später kommt er zurück, atemlos. Da fragt ihn dann der Meister: „Na, Alfons, wat is dat denn nu wurrn, Jung oder Deern?“ „Ja“, sagt Alfons, „wie soll ich das denn wissen, wir müssen genauso neun Monate warten wie alle anderen auch!“

Seereise-Tagebuch

Eine Schiffsreise auf einem Luxus-Liner ist schon etwas Besonderes. Bei den vielen Ereignissen, die einem da geboten werden, ist es oft ratsam, ein Tagebuch zu führen. So handhabte es jedenfalls auch Frau Katharina Plötzke aus Flensburg-Handewitt. Sie ist Chefsekretärin, solo und das erste Mal auf einem Kreuzfahrtschiff. Werfen wir einen Blick in ihr Tagebuch:

Montag, 6. Mai

Abendessen an der Kapitänstafel

Dienstag, 7. Mai

Vormittags: Mit dem Kapitän Drink auf der Brücke genommen.

Mittwoch, 8. Mai

Was fällt dem Kapitän bloß ein, er hat mir eindeutige Anträge gemacht, die ich hier nicht wiedergeben kann, pfui, pfui, pfui!

Donnerstag, 9. Mai

Der Kapitän droht, das Schiff auf ein Riff auflaufenzulassen, falls ich nicht nachgeben sollte. Was soll ich nur tun? Ich bin verzweifelt.

Freitag, 10. Mai

Katharina Plötzke, du kannst stolz auf dich sein, du hast heute nacht 642 Passagieren das Leben gerettet!

Zigarre im Zug

Manchmal ist mein Freund Steffen auch vom Pech verfolgt. Diesmal fuhr er mit der Bundesbahn nach Berlin zur „Grünen Woche“. Er hatte dadurch keine Staus, keine Abgase, konnte seine Nerven schonen und würde ausgeruht in Berlin ankommen. Dafür hatte er alles getan und er hatte sich auch schon Wochen vorher darauf gefreut. Nun saß er bequem in seinem Sitz, Fensterplatz in Fahrtrichtung. Er war zufrieden und hatte einen kleinen Flachmann dabei. Dann nestelte er so ein bißchen umständlich in seiner Brusttasche herum und nach kurzer Zeit hatte er gefunden, wonach er mühevoll gefahndet hatte: seine geliebte schwarze Brasil-Zigarre. Höflich und gut erzogen, wie er nun einmal war, fragte er die ältere Dame, die ihm gegenübersaß: „Entschuldigen Sie, gnädige Frau, gestatten Sie, daß ich rauche?“ Die Dame, sehr freundlich und verständnisvoll, antwortete: „Fühlen Sie sich ganz wie zuhause.“ Darauf antwortete Steffen: „Dann eben nicht, du blöde Schnepfe!“

Drillinge

Es gibt Menschen, die ein phänomenales Gedächtnis haben, die sich an jedes Ereignis genau erinnern können und alles Geschehene auf die Stunde oder sogar die Minute zurückspulen können. So auch mein Nachbar Norbert Heischkamp. Genau neun Monate, nachdem sie geheiratet haben, bringt dieser junge Ehemann seine Frau zur Entbindung in die Klinik. Kurz darauf erscheint der Arzt und sagt meinem Freund Norbert, daß er Vater eines gesunden, strammen Jungen geworden ist. Der frischgewordene Vater blickt auf die Uhr und sagt: „Auf die Minute pünktlich, es ist genau sieben Uhr.“ Zwanzig Minuten später kommt der Arzt erneut und verkündet dem aufgeregten Vater, daß er auch noch eine Tochter bekommen habe. „Genau auf die Minute“, sagt wiederum der stolze Vater. Er schaut wieder auf die Uhr und sagt: „Ich glaube, jetzt kann ich erstmal in aller Ruhe ein Bier trinken gehen.“ Der Arzt guckt ihn natürlich ganz verwundert an und fragt: „Warum denn?“ „Ja“, sagt Norbert, „wenn ich mich recht erinnere, vor halb elf ist nichts mehr fällig!“

Hitze in der Heide

Es ist ein heißer Sommer. In der Lüneburger Heide steht die Luft. Der Schäfer mit seinem Hund bekommt kaum noch Luft. Er steht unter einem großen Wacholderstrauch und denkt: „Oh, du hältst das nicht mehr aus.“ Abends, so gegen fünf Uhr geht er mit seinem Hund in die Kirche. Dort ist es wunderbar kühl. Er setzt sich in die letzte Reihe. Die Wochenendandacht beginnt, der Pastor steht oben auf der Kanzel und sagt: „Und ein guter Hirte verläßt seine Herde nie.“ Daraufhin sagt der Schäfer zu seinem Hund: „Komm', Harras, laß' uns hier abhauen, der Kerl da oben fängt an zu stänkern!"

Traumdeutung

Ein junger Mann liegt völlig geschafft auf der Couch eines renommierten Psychiaters. „Ich bin sowas von fertig", erzählt der junge Mann dem Psychiater, „Nacht für Nacht muß ich im Traum einen LKW von Basel nach Hamburg fahren und am anderen Morgen fühle ich mich wie gerädert." „Kein Problem", meint der Arzt, „ab jetzt halten Sie mal in Karlsruhe an, dann übernehme ich den Transport bis Hamburg." Ein paar Stunden später trifft der erleichterte junge Mann seinen Freund, der hat ein ähnliches Problem. „Nacht für Nacht muß ich vier fette Weiber glücklich machen, ich halte das nicht mehr aus." „Du", sagt er, „da kann ich dir meinen Psychiater empfehlen, der ist ein Supermann." Nach Wochen treffen die beiden sich wieder, da fühlt sich der Freund noch schlechter. Er sagt: „Was ist denn mit dir los, konnte der dir nicht helfen?" „Du, das mit den Weibern hat er wegbekommen, aber dafür fahre ich Nacht für Nacht einen LKW von Karlsruhe nach Hamburg!"

Drogisten-Probleme

In einer Drogerie in einer Kleinstadt stürzt eine ältere Dame auf einen Verkäufer zu und sagt: „Das will ich Ihnen sagen, die Kondome, die Sie mir letzte Woche verkauft haben, die färben furchtbar ab." Und Opa steht hinten an der Tür und sagt: „Und knicken in der Mitte auch so leicht ab!"

Im Kreißsaal

Die Krankenschwester kommt mit dem Baby auf dem Arm aus dem Kreißsaal. Ein frischgebackener Vater stürzt aufgeregt auf sie zu und ruft: „Ein Junge, ein Junge, hurra! Ich habe es gewußt, ein Stammhalter! Mein kleiner Edwin-Konstantin ist bestimmt das schönste Baby der Welt!" Die Schwester ist sehr gelassen und fast kühl: „Erstens ist das nicht Ihr Baby, zweitens heißt es Heike und lassen Sie jetzt meinen kleinen Finger los!"

60 % 'ne Fünf

Der Lehrer kam in die Klasse und sagte: „Freunde, Ihr seid in Mathematik so schwach. Wenn Ihr weiter so schlecht bleibt, bekommen sechzig Prozent eine Fünf in Mathe!" In der letzten Reihe fängt einer der Schüler laut an zu lachen. Daraufhin fragt der Lehrer: „Warum lachst du?" „Ja", sagt der Schüler, „soviel sind wir ja gar nicht!"

Papi weiß nix

Vater, Mutter und Sohn sitzen im Wohnzimmer. Der Kleine ist wißbegierig und fragt: „Papi, wo liegen die Azoren?" Der Vater antwortet: „Das weiß ich nicht." „Papi, wer war zwischen dem sechzehnten und siebzehnten Jahrhundert in Deutschland regierender Kaiser?" fragt der Sohn. „Das weiß ich doch nicht", antwortet der mittlerweile sichtlich genervte Vater. „Papi, und wie tief mag das tiefste Meer dieser Erde sein?" fragt der Sohn. „Das weiß ich auch nicht", antwortet der Vater. „Mensch", sagt die Mutter, „laß' doch mal deinen Vater in Ruhe, der hat nun wirklich andere Sorgen." „Aber wieso denn, Else", sagt der Vater, „der Junge muß doch was fragen, sonst lernt er doch überhaupt nichts!"

Ehetips

Die Hochzeit ist nach wie vor immer noch der Höhepunkt im Leben eines jeden Menschen. Die meisten Verlobungen enden ja glücklich, aber einige enden auch in der Ehe. Am schönsten sind natürlich die gutgemeinten Ratschläge und Tips von Mutter und Vater. Mutter Steffen gibt ihrer Tochter einen ganz wichtigen Tip vor der Hochzeit. „Annemarie, mien Deern, aus eigener Erfahrung sage ich dir, zeige dich nie deinem Mann ganz nackt." Fragt die Tochter: „Wieso das denn nicht, Mama?" „Er könnte das Interesse an dir verlieren", antwortet daraufhin die Mutter. Eine Woche später ruft der Schwiegersohn an: „Sag' mal, Mutter, hat es in eurer Familie mal einen Fall von geistiger Umnachtung gegeben?" Darauf sagt die Mutter: „Bist du bekloppt, Alfred, wie kommst du darauf?" „Ja, weißt du, ich frage mich doch allmählich, warum deine Tochter im Bett immer diesen ollen dämlichen Hut aufbehält!"

Urlaub in Goslar

„Wo warst du denn im Urlaub, Kruse?“ fragt Steffen. „Ich war diesmal an der See“, antwortet Kruse. Steffen fragt: „Wo denn da?“ „Ja“, antwortet Kruse, „ich war in Goslar.“ Steffen sagt: „Mensch, du Dussel, Goslar liegt im Harz.“ „Ja, sagt Kruse, „ich habe mich auch gewundert, es war immer ein ganz schön langer Weg bis zum Strand!“

Nervender Kurgast

Ein ostfriesischer Inselbewohner, einer der ältesten Bürger von Langeoog, wird von einem Kurgast gefragt: „Entschuldigen Sie, waren alle Ihre Ahnen Seefahrer?“ „Ja“, antwortet er, „dat weern se, dat kann man so seggen.“ „Und alle sind auch auf See geblieben?“ fragt der Kurgast weiter. „Ja, ja, leider Gottes, berufsbedingt“, antwortet der Inselbewohner. „Ihr Urgroßvater auch?“ fragt der Kurgast. „ Ja, de is bi Kap Horn umkomen, afsopen“, antwortet der Inselbewohner. „Und Ihr Großvater auch?“ fragt der Kurgast. „Ach nee, Opa, de is in de Nordsee afsopen“, sagt der Inselbewohner. „Und Ihr Herr Vater?“ fragt der Kurgast weiter. „Meinen Vater, den haben die Kurgäste totgefragt“, antwortet der Inselbewohner!

Die dritten Zähne

Steffen und Brösel treffen sich auf dem Dorfplatz. Brösel macht ein völlig bedeppertes Gesicht. Steffen fragt: „Was ist denn mit dir los?“ „Ach“, sagt Brösel, „erinnere mich bloß nicht daran, ich hab’ solche Zahnschmerzen und so einen großen Abszeß, so was hab’ ich noch nie gehabt. Aber, hast du denn keine Probleme mit deinen Zähnen, Steffen?“ „Ja“, sagt Steffen, „das kann ich nicht beurteilen, meine Zähne und ich schlafen schon seit zwölf Jahren getrennt!“

Vor dem Himmelstor

Es gibt Männer, die merken gar nicht, daß sie unter dem Pantoffel stehen. Vor dem Himmelstor steht ein Schild: „Hier stellen sich alle an, die in ihrem Leben von ihrer Frau herumkommandiert wurden“. Eine lange Schlange hat sich davor gebildet. Daneben ein kleines Himmelstor mit einem Schild: „Hier stellen sich alle an, die nicht von ihrer Frau herumkommandiert wurden“. Davor steht ein Mann. Petrus ist ganz erstaunt und fragt: „Du bist bestimmt nie von deiner Frau herumkommandiert worden?“ „Naja, sie hat jedenfalls zu mir gesagt, ich soll mich hier anstellen!“

Preßlufthammer gegen Hühnerei

Ein Preßlufthammer kriegt sich mit einem Hühnerei in die Wolle. „Man", sagt das Hühnerei, „wenn du weiter so einen Krach machst, daß mir fast die Schale springt, dann trete ich dir gegen das Schienbein." „Moment", sagt der Preßlufthammer, „du blödes kleines Hühnerei, du willst mich maßregeln? Ich muß hier im Akkord arbeiten." „Ob du Akkord arbeiten mußt oder nicht, ist mir völlig egal", sagt das Ei, „ich brauche meine Ruhe und ich möchte nicht, daß du weiterhin so wirbelst." Die beiden streiten sich fürchterlich. Plötzlich platzt dem Preßlufthammer der Kragen und er sagt: „Weißt du was, jetzt habe ich die Schnauze voll", macht einen Schlag und das Hühnerei zerspringt in tausend Stücke – oder hatten Sie gedacht das Ei gewinnt?

Steffen und die Oper

Piepenbrink sagt zu Steffen: „Weißt du was, mein Lieber, wir sind eingeladen zur ‚Hochzeit des Figaro' und da wollen wir auch hin." Nun kommt doch dieser Dorfdackel im Smoking an, hat ein Riesengeschenk unter dem Arm und einen Blumenstrauß in der Hand. Piepenbrink fragt ihn: „Bist du nicht ganz dicht? ‚Hochzeit des Figaro', das ist eine Oper!" „Ja", sagt Steffen,

„du mußt dich gerade melden, als wir damals zu ‚Schwanensee‘ eingeladen waren, warst du der einzige, der in Gummistiefeln gekommen ist!“

Verpachtet

Ein Bauer hat geheiratet. In der Hochzeitsnacht, streichelt er seiner jungen Braut mehrmals über den Bauch und sagt immer wieder: „Dat is all mien Land, dat is all mien Land.“ Und dieses Spiel wiederholt sich in den nächsten Nächten. Da wird es der jungen Frau zu bunt und sie sagt: „Wenn du nu nich bald anfängst to plögen un to sähen, dann ward dat Land verpacht!“

Toter vor dem Gymnasium

Zwei Polizisten gehen abends gegen halb neun in Berlin auf Doppelstreife. Sie kommen am Gymnasium vorbei. Eine große Hecke umzäunt das Gelände. Der eine Polizist guckt und sagt: „Du, ik werd’ verrückt, wa, ik seh zwee Beene, zwee Füße, wa.“ „Ja“, sagt der andere, „schreiben wir uff.“ Er nimmt den Block und schreibt auf:

Zwanzig Uhr dreißig Toter vor dem Gümnasi … „Wie schreibt man denn Gümnasi …?“ „Komm“, sagt der andere, „wir schleppen ihn schnell vor die Post!“

Die Wände hoch

Oma und Enkel sitzen beim Frühstück. Plötzlich reibt sich der kleine Enkel die Hände und ruft: „Toll, toll, Omi, bald kann Papi sein Kunststück vorführen.“ Fragt Oma: „Was denn für ein Kunststück?“ „Ja“, meint der kleine Enkel, „er hat gesagt, wenn Oma über eine Woche bleibt, geht er die Wände hoch!“

Oma auf'm Strich

Es gibt doch noch verantwortungsbewußte „Grünröcke“. Neulich hat ein Polizist gesehen, wie eine alte Dame neben dem Zebrastreifen über die Straße ging. Er ermahnt die alte Dame mit hochgezogenen Augenbrauen: „Immer hübsch auf dem Strich gehen, Oma!“ Da antwortet sie: „Das hab' ich nicht nötig, ich bekomme eine gute Rente!“

Pater Ambrosius

In einem kleinen Kloster im süddeutschen Raum ist Pater Ambrosius sehr erkrankt. Er hat einen schweren grippalen Infekt, und alle Kräuter, die im Garten und im Wald gesammelt wurden, helfen nicht mehr. Er hat Fieber und Halsschmerzen und kann nicht mehr. Der Abt kommt und fragt: „Wie geht es Ihnen, Pater Ambrosius?“ Der antwortet: „Es geht nicht mehr, es muß ein Arzt kommen.“ Der Arzt kommt und stellt fest, was bei einem grippalen Infekt festzustellen ist. Er sagt zu ihm: „Pater Ambrosius, ich gebe Ihnen jetzt ein paar fiebersenkende Medikamente und eine gute Spritze und ich schwöre es Ihnen, in zwei, drei Tagen sind Sie wieder auf den Knien!“

Forellenessen

Zwei Freunde treffen sich nach langer Zeit wieder. „Weißt du was, Karl“, sagt Fritz, „wir haben ein Lokal, da kannst du eine sagenhafte Forelle essen! Ich lade dich ein. Von so etwas kann man sonst nur träumen.“ Die beiden gehen ins Lokal, sind schön angezogen, und der Pianist spielt die schönsten Weisen. Die beiden bestellen sich einen sehr trockenen Wein und zwei Forellen.

Es dauert eine gewisse Zeit, dann kommt der Kellner mit einem großen silbernen Tablett. Beide gucken, auf dem Tablett liegt eine riesige Forelle, fast fünfzig Zentimeter lang und daneben eine kleine mickrige. Fritz, der eingeladen hat, legt sich mit Mühe und mit der Hilfe zweier Gabeln die große Forelle auf seinen Teller, fängt an zu essen und trinkt seinen Wein. Nach einer Viertelstunde sieht er, wie Karl noch gar nicht angefangen hat. Er fragt ihn: „Karl, was ist denn mit dir los?“ Karl antwortet: „Du, ich muß nicht essen.“ „Das verstehe ich nicht, ich lade dich zur Forelle ein und du ißt gar nicht.“ „Gut“, sagt Karl, „wir haben uns immer alles gesagt, ich finde das einfach nicht fair. Da kommt so ein riesiger Oschi von Forelle, den schnappst du dir und ich sitze da mit so einem kleinen Stichling.“ „Nun, hör' aber mal zu“, sagt Fritz, „wenn du zuerst zugegriffen hättest, welche Forelle hättest du genommen?“ Karl antwortet: „Ich hätte die kleine Forelle genommen.“ „Siehst du“, sagt Fritz, „du hast sie doch!“

Herr Nickelmann

Ein junger Mann in unserem Dorf bekam eine Superstellung in einem Superkaufhaus. Nach einem Vierteljahr, der Umsatz hatte sich verdoppelt, ruft der Chef des Hauses diesen jungen Mann zu sich und sagt: „Herzlichen Glückwunsch, Sie haben einen Umsatz gemacht, davon kann man nur träumen. Sie bekommen eintausend Mark mehr und sind ab jetzt Abteilungsleiter.“ „Oh, vielen Dank, Herr Nickelmann“, bedankt sich der junge Mann. „Das wollt’ ich Ihnen nochmal sagen“, meint daraufhin sein Chef, „ich heiße nicht Nickelmann sondern Neckermann und wenn das nochmal passiert, daß Sie meinen Namen verwechseln, dann gibt es Ärger.“ Ein Vierteljahr später stellt der Chef fest, daß sich der Umsatz verdreifacht hat und will wiederum den jungen Mann sprechen. Er sagt zu ihm: „Wissen Sie was, ich lege noch einen Tausender drauf, einen Monat Urlaub und Sie werden natürlich auch noch die Abteilungen Camping und Sport übernehmen.“ Der junge Mann antwortet: „Vielen Dank, Herr Nickelmann.“ Der Chef ist fassungslos und sagt: „Hören Sie mal zu, wenn das nochmal passiert, ich heiße Neckermann und nicht Nickelmann. Noch einmal so eine Verwechslung und Sie fliegen raus.“ Bei der nächsten Beförderung passiert dem jungen Mann das gleiche Mißgeschick wieder und er fliegt in hohem Bogen aus der Firma. Er kommt nach Hause zu seiner Frau: „Mist, ich bin entlassen worden." „Was", sagt seine Frau, „du hast so eine Karriere gemacht, das kann doch nicht sein, daß dein Chef dich rausschmeißt." „Doch", sagt er, „ich bin fristlos entlassen worden." Die Frau fragt nach: „Woran liegt das denn, du hast doch so toll gearbeitet?" „Ja", antwortet der junge Mann, „vielleicht hab' ich den gleichen Mist gemacht wie damals bei Qualle!"

Die gute Fee

Eine gute Fee betrachtet im Park die Marmorstatuen von Venus und Amor. Sie fragt die beiden, ob sie denn einen Wunsch hätten. „Aber ja", erwidern beide, „wir möchten uns sehr gerne einmal bewegen können." „So sei es", sagt die Fee und schwingt sogleich ihren Zauberstab. „Ich gebe euch zehn Minuten, in denen ihr euch frei bewegen könnt." Kaum ist der Zauber ausgesprochen, laufen beide sofort ins Gebüsch. Es quietscht und raschelt. Nach einer Weile denkt sich die gute Fee, du mußt doch mal sehen, was die beiden so treiben. Sie schiebt vorsichtig die Zweige auseinander und was sieht sie, Venus hält eine Taube an den Flügeln fest und Amor sagt ganz aufgeregt: „Hundert Jahre habt ihr mir täglich auf den Kopf geschissen und jetzt bin ich mal dran!“

Faschingszeit

In der Faschingszeit ist Hugo Bröselmann überhaupt nicht zu bremsen. Jeden Abend ist er auf Achse. Highlife in den ausgefallensten Kostümen. Am Rosenmontag geht er als Sheriff verkleidet zur Karnevalsfete und amüsiert sich köstlich mit einer ganz schicken Rothaarigen. Plötzlich sagt die Rothaarige: „Sag' mal, wird deine Frau nicht eifersüchtig?“ Er antwortet: „Da mach' dir mal keine Sorgen, die hab' ich nämlich als Pferd verkleidet und draußen angebunden!“

Feuerschlucker

Durch unser Dorf ging ein sehr abgerissener Herr. Alle guckten, entweder durch die Gardine oder durch den kleinen Spion in der Tür. Der Mann war wirklich sehr abgemagert, klingelt und klopft an verschiedenen Türen. An zweiundzwanzigster Stelle öffnet eine junge Frau und fragt: „Was kann ich für Sie tun?“ „Ach“, sagt der Mann, „ich hab’ jetzt schon fast drei Wochen nichts mehr gegessen, könnte ich wohl von Ihnen etwas zu essen bekommen?“ Fragt die Frau ihn: „Was machen Sie denn beruflich oder was haben Sie beruflich mal gemacht?“ „Ja“, sagt er, „ich bin ein etwas gestrandeter Artist.“ „Was für ein Artist waren Sie denn?“ fragt die junge Frau. Der Mann antwortet: „In meinen guten Zeiten war ich ein begnadeter Feuerschlucker.“ Da sagt die Frau: „Oh, so’n Pech, vor drei Wochen hatten wir hier einen Dachstuhlbrand, da hätten Sie sich rundum sattfressen können!“

Grippe

Fiete hat sich eine gräsige Grippe geholt. Nun liegt er im Bett. Er schwitzt und schwitzt und das Wasser läuft ihm nur so die Backen herunter. Seine Frau sitzt bei ihm und strickt. Ab und zu steckt sie ihm das Thermometer in den Mund und liest die Temperatur ab. „Oh, ich wollte noch an meine Schwester schreiben“, sagt Fiete und stöhnt, „sie hat nämlich Geburtstag.“ „Och, das mach ich für dich“, sagt seine Frau, „und ich schreib’ ihr dann auch gleich, daß du sehr krank bist.“ Nun setzt sich Ella in die Wohnstube und schreibt. Nach kurzer Zeit schaut sie durch den Türspalt ins Schlafzimmer und fragt: „Du, ich schreib' ja grad' den Brief an deine Schwester, sag' mal, wird Begräbnis eigentlich mit einem oder mit zwei ‚s' geschrieben ?"

Tierische Freuden

Der Nachbar von Bauer Piepenbrink verreist und bittet ihn, seinen Hund in Pflege zu nehmen. Er gibt ihm dafür fünf Mark für jeden Tag, damit der Hund auch jeden Tag eine Freude hat. Als der Nachbar nach Hause kommt, sieht er entsetzt, wie Bauer Piepenbrink im Garten steht und den Hund am Schwanz umherwirbelt. Er stürzt auf ihn zu und sagt: „Was machen Sie mit meinem Hund. Sie sollten ihm doch für fünf Mark jeden Tag eine Freude machen. „Ja", sagt Piepenbrink, „was meinen Sie wohl, wie der Hund sich freut, wenn ich ihn wieder loslasse !"

Jugendtreffen

Beim internationalen Jugendtreffen sagt ein Engländer: „Mein Vater ist so schnell, der fährt mit unserem Motorboot schneller als ein Formel 1-Rennwagen." „Oh", sagt der Franzose, „mein Vater ist aber schneller. Der fliegt mit seinem Düsenjet schneller als der Schall." Da sagt der Deutsche: „Das ist ja alles schön und gut, aber ich glaube, mein Vater ist doch der schnellste. Er arbeitet bei der Kieler Stadtverwaltung und hat um fünf Uhr abends Feierabend, ist aber immer schon um vier Uhr zu Hause!"

Professor angelt

Ein Professor angelt in den Ferien an einem See. Plötzlich steht ein Polizist hinter ihm und schnauzt ihn an: „Mit welchem Recht angeln Sie denn hier, guter Mann?" Gelassen dreht sich der Professor um. „Mit dem mir gegebenen Recht des genialen Intellekts über die mir unterlegene animalische Kreatur." „Entschuldigen Sie bitte", sagt der Polizist, „aber man kann schließlich auch nicht alle neuen Gesetze kennen!"

Bauernschläue

Ein Bauer hat drei Söhne. Einer wurde Rechtsanwalt, der zweite wurde Lehrer und der dritte (der dümmste) wurde Bauer. Eines Tages äußert der Bauer den Wunsch, jeder seiner Söhne soll ihm hundert Mark in den Sarg legen, wenn er dann gestorben ist. Die Zeit vergeht und eines Tages stirbt der alte Bauer. Die drei Söhne kommen zusammen auf den Hof an den Sarg ihres Vaters. „Du", sagt der Lehrer zum Rechtsanwalt, „hast du schon die hundert Mark hineingelegt."
„Ja", sagt der Rechtsanwalt, „habe ich und du?"
„Ja", sagt der Lehrer, „ich auch." Nun kommt der junge Bauer zur Tür rein und sie fragen ihn: „Hast du auch hundert Mark hineingelegt?"
„Nee, ich hab' einen Scheck über dreihundert Mark ausgeschrieben und eure zweihundert Mark habe ich herausgenommen!"

Die Beichte

Ein Direktor ist mit seiner hübschen Sekretärin unterwegs. In dem Ort, wo sie übernachten wollen, ist nur noch ein Doppelzimmer frei. Der Direktor sagt: „In Gottes Namen, wir nehmen es. Ich bin seit sieben Jahren glücklich verheiratet und strenggläubig. Vor mir, mein Fräulein, brauchen Sie keine Angst zu haben." Am anderen Morgen drückt den Direktor doch das Gewissen. Er geht in die Kirche, direkt in den Beichtstuhl und sagt folgendes: „Ich habe, Herr Pfarrer, vergangene Nacht neben einem weiblichen Wesen geschlafen, obwohl ich verheiratet bin. Es ist zwar, ich schwöre es, nichts vorgefallen, doch ich konnte mich während der ganzen Nacht der unkeuschen Gedanken nicht erwähren. Was soll ich zur Buße tun?" „Ach", sagt der Pfarrer, „das ist alles in Ordnung, mein Sohn, du hättest es gar nicht beichten müssen. Zur Buße nur eins, eine Woche lang zehn Liter Wasser pro Tag trinken." „Warum das denn?" fragt der Direktor. Da antwortet der Pfarrer: „Das ist die Wochenration für Kamele!"

Schwanger oder nicht

Da ist mal wieder ein junges Mädchen zum Arzt gegangen, um sich Gewißheit zu verschaffen und hofft, es möge nicht so sein. Der Arzt untersucht gewissenhaft und fragt: „Sind Sie verheiratet?" „Nein", antwortet das junge Mädchen. „Verlobt", fragt der Arzt. Das Mädchen antwortet wieder: „Nein". Der Arzt läßt nicht locker und fragt: „Haben Sie einen festen Freund oder mal hier und da einen Verehrer?" „Nie und nimmer“, antwortet das junge Mädchen. Da tritt der Arzt ans Fenster, blickt lange hinaus und sagt schließlich: „Als dies das letzte Mal passierte, ging im Osten ein großer heller Stern auf!“

Fiete trauert

Fiete und Hein treffen sich. Fiete macht ein ganz trauriges Gesicht. Hein fragt: „Na, was hast du mein Jung’, du siehst so traurig aus?“ „Ja“, sagt er, „meine Oma ist gestorben.“ „Was hatte sie denn?“ fragt Hein. „Ja“, sagt Fiete, „Elektroherd, Kühlschrank und Fernseher.“ „Nein“, sagt Hein, „ich meine, was fehlte ihr denn?“ „Ja“, sagt Fiete, „Video, Mikrowelle und Computer.“ „Nein“, sagt Hein, „du verstehst mich falsch, woran ist sie gestorben?“ „Ja, das wollte ich dir sagen, sie wollte Kartoffeln aus dem Keller holen und da ist sie die Treppe heruntergefallen.“ „Und was habt ihr da gemacht?“ fragt Hein. „Ja, den Tag haben wir Nudeln gegessen!“

Hafenrundfahrt

St. Pauli, Landungsbrücken. Dort steht ein großes Schild: Hafenrundfahrt. Eine große Menschenmenge stürzt sich auf's Schiff. Man steht wie die Ölsardinen nebeneinander an Bord. Piepenbrink ist auch mit an Bord. Das Boot legt ab, Höhe Finkenwerder ist plötzlich ein fürchterlicher Gestank an Bord. Piepenbrink hält die Nase in die Höhe, nach Backbord, nach Steuerbord, Nase nach achtern, nichts zu riechen, aber nach vorn. Es stank ganz fürchterlich. Vor ihm ein Seemann, 1,95 Meter groß, breites Kreuz. Der dreht sich um und mustert Piepenbrink von oben bis unten. Piepenbrink sagt: „Seemann, hest du in de Büx scheten?" „Ja", sagt er, „oder glöövst du, ik stink immer so?"

Hörgerät

Sagt Hein zu Fiete: „Weißt du was, ich konnte ja nix mehr hören. Ich hab' meine ganzen Platten verkauft, weil ich nix mehr hören konnte. Ob ich in die Oper ging oder Welle Nord einschaltete, ich konnte nix mehr hören. Das ging so lange, bis mir einer den Tip gab, ich sollte mir ein Hörgerät anschaffen. Ich bin dann zum Hörgeräteakustiker gegangen und der hat mir ein Hörgerät verpaßt. Du glaubst es nicht, ich höre wieder Welle Nord, ich kann meine Platten wieder hören. Ich fahre an die See, ich höre das Rauschen des Meeres und ich höre die Möwen schreien." Da fragt Fiete: „Sag' mal, wie teuer ist eigentlich so ein Hörgerät?" Hein antwortet: „Viertel nach neun!"

Hammer

In der Nähe von Hohenwestedt sind zwei Dachdecker auf einer hohen Baustelle. Sie arbeiten im Akkord. Plötzlich hört der eine unten einen Unfallwagen vorbeidüsen. „Mann", sagt er zu seinem Kollegen, „die sind aber schnell vor Ort." Fragt sein Kollege: „Wie kommst du denn da drauf?" „Ja", antwortet dieser, „der Hammer ist mir erst vor drei Minuten runtergefallen!"

Der Delinquent

Wir haben in Deutschland ja Gott sei Dank nicht die Todesstrafe, aber es gibt ja Länder, wo so etwas noch gemacht wird.
Der Geistliche sitzt mit dem Delinquenten in der Zelle und sagt zu ihm: „Mein Sohn, hast du

noch einen letzten Wunsch?" „Ja", sagt der Delinquent, „ich möchte mein Abitur nachmachen!"

Der zum Tode verurteilte sitzt in seiner Zelle, ist kurz vor der Hinrichtung, als nochmal einer seiner Lieblingswärter zu ihm kommt. Der Wärter fragt ihn: „Hast du noch einen Wunsch?" „Ja", sagt der Häftling, „ich hätte gerne noch eine Tasse Kaffee." Fragt der Wärter: „Mit Milch oder Zucker?" „Nein", antwortet darauf der Häftling, „bitte ohne Zucker, ich muß mich vorsehen, ich bin Diabetiker!"

Der Henker und der Todeskandidat sind auf dem Weg zum Galgen. „Och", ruft der Todeskandidat, „ist das ein Sauwetter!" „Mensch", sagt der Henker, „Sie haben das gut, ich muß den gleichen Weg bei dem Sauwetter wieder zurück!"

Ab 19.00 Uhr

Wenn man schon in der Großstadt ist, will man auch was erleben. Man geht ins Theater, man kauft gut ein, man geht gut essen und besucht vielleicht auch eine Bar. Und so ein Barbesitzer wurde morgens früh um sieben Uhr in seiner Privatwohnung angerufen. Am anderen Ende meldet sich eine lallende Stimme: „Huhu, wann macht Ihre Bar auf?“ „Heute abend ab 19.00 Uhr sind wir für Sie da“, antwortet der Barbesitzer. Es dauert nicht lange, da klingelt es wieder bei dem Barbesitzer. Es meldet sich wieder diese Stimme: „Hallo, ich habe eine winzige, kleine Frage, wann macht wohl Ihre schöne kleine Bar auf?“ Der Barbesitzer antwortet: „Ich glaube, ich habe Ihnen vorhin schon gesagt, daß wir heute abend ab 19.00 Uhr für Sie da sind.“ Das geht noch drei- bis viermal so. Dann platzt dem Barbesitzer der Kragen: „Das eine sag’ ich Ihnen, Sie können noch fünfmal anrufen, aber Betrunkene wie Sie kommen hier sowieso nicht rein.“ Darauf die Stimme: „Wieso rein, Mann, ich will hier raus!“

Gute Freundschaft

Selbst wenn man sich hat scheiden lassen, kann man sich trotzdem noch gut verstehen. Es kann sogar eine gute Freundschaft entstehen. Und so war es auch bei unserem Nachbarn. Er hatte sich den Arm gebrochen, wollte nun ein Vollbad nehmen und bittet seine geschiedene Frau, sie möge ihm doch den Rücken schrubben. Und sie schrubbt und reinigt den Rücken und es rührt sich bei ihm was. Da sagt er: „Oh, guck' mal, Paula, er kennt dich noch !"

Nachtzug

In München gibt ein Reisender dem Schaffner des Nachtschnellzuges ein Trinkgeld und bittet den Mann: „Ich muß in Frankfurt geweckt werden, notfalls mit Gewalt, ich schlafe wie ein Murmeltier. Und wenn Sie mich rausprügeln, ich muß in Frankfurt aussteigen." Wie der Teufel es will, am Morgen wacht er in Hamburg auf. Man kann es sich vorstellen, was sich der arme Schaffner anhören muß. Er wird beschimpft, denn der Gast ist verständlicherweise empört. Da kommt ein Fahrgast und sagt zu dem Schaffner: „Mein lieber Mann, Sie müssen sich ja manchmal was anhören.“ „Ach“, sagt der Schaffner, „das sind kleine Fische, den in Frankfurt hätten Sie mal hören sollen!“

Inhalt

Günter Willumeit
Bauer Piepenbrink
Locker vom Trecker
Folge 1

aus der
NDR WELLE NORD-Serie
80 Seiten, broschiert,
ISBN 3-929596-17-2

Günter Willumeit
Bauer Piepenbrink
Locker vom Trecker · Folge 2

aus der **NDR WELLE NORD**-Serie
80 Seiten, broschiert,
ISBN 3-929596-23-7

Günter Willumeit
Bauer Piepenbrink
Locker vom Trecker
Folge 4

aus der **NDR WELLE NORD**-Serie
80 Seiten, broschiert,
ISBN 3-929596-36-9

Verlag Michael Jung
Postfach 2604, 24025 Kiel

Günter Willumeit
Bauer Piepenbrink
Locker vom Trecker
Folge 5

aus der **NDR WELLE NORD**-Serie
80 Seiten, broschiert,
ISBN 3-929596-43-1

Günter Willumeit
Bauer Piepenbrink
Locker vom Trecker · Folge 6

aus der **NDR WELLE NORD**-Serie
80 Seiten, broschiert,
ISBN 3-929596-50-4

Günter Willumeit
Bauer Piepenbrink
Locker vom Trecker
Folge 7

aus der **NDR WELLE NORD**-Serie
80 Seiten, broschiert,
ISBN 3-929596-64-4

Verlag Michael Jung
Postfach 2604, 24025 Kiel